El castillo de Darndum
El Reino de Darndum Por Alejandro Bisque
"EMSP"
La primera vez que cambié de opinión fue por vacilación. Hasta que me di cuenta de lo que tenía que hacer. Que me pidieran que fuera a luchar contra el dragón que había estado llenando Times Square con el humo de sus fosas nasales fue una oferta que no pude rechazar. No porque quisiera, sino porque no había línea de defensa y tenía que parar. Esto debe terminar en alguna parte, con alguien, con cualquiera que esté dispuesto a dar un paso al frente. Me levanto de mi asiento. El casco de mi armadura era el corte de toro que había recibido del barbero la noche anterior, pero no se necesita un corte de toro para acabar con un monstruo.

El sofá era agradable, recuerdo, ahora lo miro mientras estoy de pie. Cuelgo el teléfono.

"Ese era Morris". le digo a mi perro Frota la nariz debajo del sofá, de un lado a otro a lo largo del forro. Empecé a subir las escaleras para ver a mis hermanas boquiabiertas por lo que estaba pasando en la televisión. "Sí... eso tiene que ser atendido". Querer contarle sobre mi único papel como asesino de la bestia señalando precariamente al dragón mismo, batiendo sus alas escamosas en la transmisión de noticias en vivo. Estaba viendo Fox News y llevándose la palma de la mano a la boca. No supe qué decirle. Mi tiempo era ahora. Mi partida para ir a luchar contra la misma bestia temblorosa se había perdido en las palabras entre ella y yo. Le aseguro que todo estará bien. Le doy palmaditas en los hombros y me doy la vuelta para irme. "¿Quién dejó entrar a un dragón en el Times Square de Nueva York?" Ella se asusta de nuevo. No sabía la respuesta a eso, solo siendo de mi conocimiento momentos anteriores. Salgo corriendo y me subo al vehículo en mi porche delantero. Morris dijo que me estarían esperando. Habiendo sido siempre consciente de su agudeza cuando se trataba de rescates, me metí en la parte trasera del Escalade negro azabache, vidrios polarizados. Un tipo con un traje negro de cuero, que parecía haber sido usado para bucear, conducía el vehículo. Un hombre en el asiento del pasajero vestía lo mismo. Ponte esto. Me entregan el mismo traje mientras una pantalla negra sube entre el asiento trasero y los asientos delanteros. Mi ropa estaría bien debajo de ese traje. Mi aprensión por toda la situación mantuvo un ambiente fresco en el auto. Nuestra capacidad de acabar con esta bestia donde estaba no era pequeña, teníamos influencia como grupo experimentado. Hemos pasado horas de videos de entrenamiento. El hecho de que tuviéramos que prepararnos en caso de un dragón era el estatuto 312 en nuestro manual de prioridad de crisis, entregado después de completar las dos primeras semanas de entrenamiento. No saber en qué me estaba metiendo me llevó de vuelta al día en que me encontré con ese hombre de nuevo, Morris. Tenía una verdadera actitud de negocios con una cierta losa de ponerse a trabajar en la parte superior.

"¿Cómo derrotas a estas cosas?" Pregunto. La pantalla baja y los secuaces de Morris estaban de nuevo en el asiento delantero. "Tenemos que subirnos a su espalda. Luego lo dirigimos hacia el océano". Dice el asiento del pasajero. Su verdadero nombre era James. Sorenson, el conductor, habla: "MSPC entra y les corta las alas desde allí. Luego se ahogan".

Actúo con confianza desinformado. "¿Qué es EMSP?"

"Equipo de monstruos, seguridad y precauciones". Me detienen rápidamente. Por supuesto que lo sabía, trabajaba para los malditos muchachos.

Conocí a Morris de la última brigada de la que formé parte, luchamos contra la última bestia temeraria en el bosque dedicado propiedad del gobierno, mantuvieron algunas temerarias por ahí. Entrenamos con ellos. Nunca han alcanzado un tamaño peligroso porque es nuestro deber proteger al mundo de estas bestias. Si alguna vez abriéramos la boca sobre las bestias temerarias que el gobierno estaba criando para sacrificarlas en tierras de propiedad privada, tendríamos una reacción violenta. Sí, tenemos acceso a huevos de dragón. Sí, sé dónde los consiguen. No, no tenemos el control total de la reproducción que está ocurriendo más al norte con estas cosas. Déjame decirte que estas cosas tampoco eran baratas. Una buena cantidad del presupuesto del gobierno se destinó a la protección de dragones a través de Monsers, Safety & Precautions Crew Agency. Eso es lo que soy. La transacción real de dinero en mano ocurre en las afueras, probablemente. Imaginar a alguien entregándome un huevo de dragón a cambio de una cantidad de billetes de un dólar parecía poco intrínseco. Los lingotes de oro probablemente pagaron por esas cosas. Demonios, el piso del sótano del Almacén de la Agencia del gobierno de la ciudad estaba hecho de ladrillos de oro. Siendo un verdadero novato en la sociedad legal de Nueva York, mi conocimiento del Almacén de la Agencia del Gobierno de la Ciudad se pegó en ciertas partes de mi mente. Años de entrenamiento mantuvieron ese piso lleno de recuerdos de flexiones y abdominales para mí. Morris debería haber sido el tipo que gritaba órdenes, la forma en que me metió en todo esto. Pero no, se paró justo ahí a mi lado en la fila, mientras otro sacacorchos gritaba las órdenes. Alguien que había estado en esto por mucho más tiempo que algunos de los otros muchachos allí. Bajamos y le dimos cincuenta cada vez que lo pedía. Sabía tan mal cómo estos dragones podrían dañar nuestra civilización viva actual, como lo sabía Morris. Yo también lo sabía. La

Agencia estaba bien encaminada con las demandas.

Verías fuego en el cielo algunas noches, bañando el cielo nocturno con un resplandor al rojo vivo. Los dragones estaban justo en las afueras, lanzando sus alientos de fuego en nuestra dirección general. Quién iba a hacer algo al respecto el día que esa cosa decidió cruzar a nuestro territorio. Solo los que sabían de qué eran capaces estas cosas eran los que sabían por dónde empezar para detener estas cosas. Fue entonces cuando se fundó MSCP, al año siguiente fue cuando Morris me encontró en ese callejón. Él y yo sabíamos que éramos de los pocos que sabíamos que podíamos ayudar. Manejar una situación de dragón nunca ha sido fácil, ni siquiera para los más experimentados.

Recuerdo el día que Morris me encontró. Había anotado mi número cuando me encontró rompiendo unas cajas de cartón en el callejón. Aunque lo conocía de otro lado. En un tiempo mucho más lejano, cuando había vagado por los campos en busca de esmeraldas y matando bestias inmundas. Lo recuerdo hace muchos años.

Su comportamiento práctico era lo que lo hacía valioso. Sin embargo, su valía solo se fue un poco. El día que me rescató fue el día que nos reunimos.
Mi espada se había perdido hace mucho tiempo, pero solía colgar a mi lado. Morris me encontró siendo alimentado por una bestia asquerosa. Yo era casi una comida de última hora para las cosas. La forma en que tal vez siete u ocho bestias sucias se agrupan y viajan largas distancias no me emocionó, y lo digo con sarcasmo.Las bestias asquerosas no estaban acostumbradas al valor de las esmeraldas. Tenía una bolsa llena de ellos cuando Morris me rescató. Siempre hay un precio que pagar por la vida, y salvar la mía no fue una situación diferente. No se equivoque sobre el hecho de que se salió con unos buenos, pocos y perlados. Quizá por eso se acordó de mí, el día que me encontró en ese callejón, rompiendo cajas de cartón. Estos eran sus secuaces, con los que conducía en un Escalade negro azabache. Con los que me estaba preparando para derrotar al dragón, eran mis amigos a través de Morris. Fue más como a través del trabajo. Sabíamos que teníamos un

trabajo increíble, lo que hicimos tampoco fue tarea fácil.

Times Square

Nos detenemos en el callejón. Los sonidos desaliñados y una sensación de malestar me llegaron, uno que solo proviene de la presencia de un dragón, estaban pesados en el aire.

"Por cierto..." James me mira. "Los trajes son a prueba de fuego". Dice antes de entregarme una daga. Tenía un grabado en el mango, hecho quizás de la plata más fina. La espada y la daga tenían verdaderos significados en la historia de la lucha contra los dragones, probablemente nuestras mejores armas contra las cosas.

Nos mantenemos cerca de la pared del callejón mientras nos acercamos a una calle transversal que lleva a Times Square. Sorenson, luego James, luego yo los seguí. Sorenson se asoma por la esquina antes de mirarnos a los dos. Veo su rostro mostrando una especie de mirada sorprendida. Impactante, una bestia tan grande eligió aterrizar aquí en Times Square. Una gran nube de humo pasa frente a nuestros ojos, detrás de su rostro. A través de la calle más adelante, escucho el gruñido de un dragón. La cosa estaba a la vuelta de la esquina. Suponiendo que eso significaba quedarse atrás, cuando Sorenson se desliza por la esquina, James y yo nos preparamos para salir detrás de él. Espero a que tome la iniciativa, pero da un paso atrás.

"Mirar." Me indica que mire hacia la calle. Entonces, estiro mi cabeza a la vuelta de la esquina para echar un vistazo. Sorenson estaba al otro lado de la calle. Había encontrado una escalera que iba al techo del edificio. Adivinar que su próximo movimiento sería desde un punto de vista aéreo fue oportuno. Él subiendo la escalera, no veo al dragón pero sí veo humo saliendo de la calle de al lado. El humo venía de una cuadra hacia abajo y una calle hacia arriba. James me da un golpecito en el hombro. "Seguiré su ejemplo". James me dice. Si retrocedo un poco y él sigue a Sorenson, me quedo solo. Un grupo dividido de tres personas durante un ataque de dragón era obligatorio según las pautas del estatuto 312 en el manual de crisis prioritaria. Tenía que ser la distracción, el señuelo si se quiere. Ese era mi protocolo en este momento.

James y yo salimos juntos al medio de la calle. La gente se escondía en las puertas de las tiendas y lentamente regresaba en la dirección por la que habíamos venido. Era su único lugar para esconderse después de retroceder en una esquina para evitar que el dragón los descubriera. Sabían que cualquier dirección de la que viniéramos era segura. Miro hacia atrás y veo el "MSPC" escrito en amarillo en el capó del Escalade en el que entramos. Los cuerpos que pasan desfilando bloquean mi vista del vehículo, y la escritura en amarillo a través de él. Había llegado el momento de trascender a la preparación para el protocolo. Sostengo mi daga y me acerco a la siguiente calle, dejando que James comience a subir por la escalera. Entro en la siguiente calle que da al otro lado de la ciudad y me paro en medio deEl camino. Me detengo en seco y miro directamente al dragón gigante de color verde tenue. Repensando mi siguiente paso. Miro hacia arriba y veo a Sorenson mirando desde el techo del edificio. Pensando que el dragón también lo vio, y esperando que el dragón supiera que estaba siendo rodeado. Al menos pondría al dragón un poco ansioso. Fue bueno

irritarlos de esa manera se ahogan más fácilmente. Levanta la cabeza directamente en el aire, veo su cuello largo y los cismas masivos y escamosos grabados en la capa exterior de la piel del dragón. Deja escapar un estallido de llamas de su boca, en el aire, haciendo casi un rugido de algún tipo. Siento el calor en mi cara de la llama que se enroscó en el cielo. "¡Mascara facial! ¡Mascara facial!" Escucho a alguien gritar desde el techo. El ardor facial era un riesgo aquí, era una gran parte del protocolo. Me doy cuenta de que esa era la única parte de mi cuerpo que no estaba segura aquí. Me pongo la mascarilla ignífuga sobre la cara. Hacer eso básicamente te hace invencible para disparar desde cualquier punto del cuerpo, en estos trajes tipo scubadiver. Estaba listo para enfrentarme al dragón. Cuando el dragón deja de escupir fuego y vuelve a bajar la cabeza, sostengo mi daga hacia el cielo y empiezo a cargar. Dejé escapar un grito de batalla y comencé a marchar hacia el dragón.
Si ser golpeado por un aliento lleno de fuego de dragón se sintió como algo, se sintió como ceguera, sordera e incoherencia. Todavía tenía una sensación

consciente de la situación, pero me detuve en seco. mi carga no podía continuar porque el dragón me contrarrestaría y me pisotearía. Había perdido la vista porque el dragón me estaba adornando con su peluda llama de dragón. El humo cubrió mi visión. Cortando hacia el borde de la carretera, en dirección perpendicular, me agarro a la pared. Atarme para quitarme el humo de la cara no serviría de nada aquí. Estoy poniendo mis manos contra la ventana delantera de un merchandisìo del lado de la calle, una especie de tienda. No era importante y entrar no me salvaría aquí. Tenía que enfrentarme a la bestia, no huir de ella. El fuego en la calle había comenzado a apagarse, lo que significaba que el golpe de fuego del dragón había cesado. Comienzo a recuperar la vista y veo que el dragón había comenzado a levantar las patas, tal vez planeando un paso de regreso a la plaza.

Sorenson de repente deja escapar un grito de batalla desde el techo, al ver a través de los agujeros de vidrio ignífugos en mi máscara me doy cuenta de que había saltado desde el techo. Lo vi aterrizar en la espalda espinosa del dragón y se podía escuchar un cierto regordete desde donde estaba parado. Luego James viene a continuación, se apoya en el techo y aterriza directamente sobre la cabeza del dragón dejándome pensando que debe haber dolido. No se mueve de inmediato, era una altura desde la que caer, una que te dejaría inconsciente por unos segundos. El dragón pierde el equilibrio y casi arroja a James. Lo veo rodeo el cráneo del dragón, era una mascarada de muñeco de trapo que me hizo temer por la vida de James. Esta era mi oportunidad de entrar en acción, entonces. Si James perdía el conocimiento por la caída, yo era el único que podía salvarlo. Tomo acción rápida. El dragón tenía dos piernas y dos brazos. Sus brazos también podrían usarse como piernas. En este momento, tenía los brazos hacia abajo como si fueran piernas. Debió estar conmocionado por las colisiones de cuerpos humanos saltando sobre él. Sus garras delanteras eran del tamaño de los neumáticos de un camión monstruo. Salto sobre ellos mientras están caídos y apuñalo mi daga en su codo. Sus brazos se doblaron un poco y me subí a sus hombros desde miapostar. Hundiendo mi pulgar en los barrancos en los grabados plateados del mango mientras lo saco y encuentro el equilibrio sobre la estructura de la bestia. Su espalda era un poco estable y encuentro mi equilibrio sobre la espalda gigante del dragón. Su cara estaba casi arrojada a la calle, estaba tratando de recuperar su enfoque. Estoy seguro de que la puñalada en el codo no ayudó. Hago mi movimiento para llevar a James a una zona más segura, pero Sorenson ya lo había llevado detrás de las alas de la bestia. Algunas personas adoran estas cosas, las matamos. Los matamos antes que nosotros y la forma en que usamos nuestro entrenamiento lo mostró en nosotros. Finjo que hay una cámara de noticias en nuestro lugar por un momento. Todos en casa, escondidos en sus seguras y seguras salas de estar, viendo a nuestro séquito en todo su esplendor. Trajo honor a mi posición moral. Ensillo la columna gigante del dragón, encontrando un lugar entre dos bultos como lo haces con un camello. El dragón deja escapar otro rugido y el humo negro comienza a acumularse en sus fosas nasales. Amontonó carbón en el camino debajo, desde su boca. Siento que James y

Sorenson se meten en la misma perorata, encuentran un asiento y se preparan para el viaje. Todos sabíamos lo que venía a continuación, solo teníamos que agarrarnos fuerte.

"¡Estás listo!" Sorenson grita desde unas pocas muescas en las columnas vertebrales expuestas del dragón. Toco la piel correosa y trato de encontrar un lugar al que pueda agarrarme con fuerza. Sorenson levanta una mano en el aire que sostenía una poderosa Taser. Escucho la asquerosa descarga eléctrica proveniente de su pinchazo mientras mantiene presionado el botón. Lo mete en la parte trasera del dragón y lo mantiene allí. El dragón comienza a batir sus alas. Un chillido que suena como un enorme cerdo resuena en el aire cuando nos elevamos del suelo.

Vuelo

Volar a lomos de este dragón no era mejor que unirse al rodeo y montar un toro, o hacer un acto de equilibrio en el circo. Me aferré firmemente con dificultad. Cada aleteo de las alas casi nos hizo caer de nuestros asientos. No podíamos dejarlo ir a cualquier precio. Morris tenía un gran pago esperándonos si hacíamos esto, lo sabía. Veo el océano no muy lejos a nuestra derecha, abajo. ¿No es ese nuestro objetivo para esta cosa? Tuve un momento confuso para entender cómo se suponía que íbamos a llevar esta cosa a las aguas del océano, pero Sorenson lo sabía.

Escucho a Sorenson desde atrás: "¡Gordon! ¡Apuñalarlo en el hombro derecho!" Afirmo la idea. Seguramente, esta cosa podría manejar altitudes más altas que nosotros. Si empujo mi daga en su hombro derecho tal vez haga algo. El dragón deja escapar un ruido de sumisión. Casi un chillido. Empezamos a perder altitud y nos inclinamos hacia el océano, tal como esperaba.

"Si lo apuñalas en el hombro derecho, su vuelo se reducirá hacia la derecha. Es porque pierde fuerza en su lado derecho". Así era el océano. Estaba a nuestra derecha. Sorenson conocía todos los sucios secretos de la matanza de dragones. Estaba seguro de que era lo mismo para la izquierda. Seguramente lo ha hecho muchas veces. No era de extrañar que con todos estos dragones volando y alguien tuviera que cuidarlos, que fuera la experiencia de Sorenson.

El reino de Darndum estaba al norte de Canadá. Nunca habían perdido poder sobre las culturas modernas. Todavía estaban criando dragones. Incluso yo temía de su reino, pero sabía de sus dragones. Fue porque sabía de sus dragones que temíaa ellos. Nos acercamos más al océano y las alas del dragón se volvieron menos poderosas. Escucho que la picana eléctrica en la vela de Sorenson se carga de nuevo. Sabía lo que le esperaba a la bestia. Si tan solo hubiera leído más a fondo mi manual, sabría cuál era mi papel. Si seguramente vamos a caer libremente en el océano al mismo tiempo, entonces necesito un nuevo trabajo, y lo digo a la ligera porque sabía que Sorenson tenía un truco bajo la manga. Con todos los trucos bajo la manga de Sorenson, uno de ellos podría salvarnos aquí. Ni siquiera debería haber dejado que esa astilla de duda entrara en mi mente, especialmente con él alrededor. Su siguiente movimiento fue llevar la cosa al océano, así que ponte feliz amigo mío. Pase lo que pase, estaremos bien.

"¡Están listos chicos!" Sorenson grita. Siento a James tocar mi hombro y luego lo veo apuntar hacia un helicóptero que nos sigue. "Eso es MSPC". James intenta gritar. "Nos rescatan y envían al tipo de la motosierra. Le corta las alas al dragón y luego dejamos que se ahogue". Me acuerdo después de más gritos. De repente, empezamos a caer en picado hacia el océano. Sorenson había conectado al dragón con su poderosa Taser. Tal vez tuvimos una caída de 1300 pies antes de llegar al océano.

"¡SALTAR!" La voz de Sorenson se apaga. Tomo la iniciativa y sigo la voz de Sorenson. Le doy una patada a la espalda del dragón mientras James me agarra del brazo. Me deslizo hacia el cielo con James arrastrándome por mi brazo izquierdo. Llegamos a un momento extraño en el aire. Estamos casi en un punto muerto en el aire antes de continuar cayendo a una velocidad terminal. Es ese momento en el que pisas los frenos pero sigues deslizándote porque conduces sobre hielo. Como si estuviera detenido pero no completamente detenido, pero ve una parada en el futuro cercano. Fue entonces cuando seguimos cayendo. James finalmente se suelta y cae al océano a mi lado. No fue un aterrizaje muy duro y fue bueno que supiéramos nadar. Una escalera de rescate aterriza casi en la palma de mi mano y me subo a ella. Era el helicóptero del MSCP. Las revoluciones de una motosierra golpean mis oídos cuando estoy a la mitad de la escalera. Dejo de subir y veo al tipo MSCP colgado de otro helicóptero. Estaba atado por la cintura con una cuerda, a solo unos pies por encima del dragón. El dragón luchaba por mantenerse a flote en el agua, salpicando sus piernas y brazos casi ahogándose. Eso no iba a detener al tipo de la motosierra. Escuché un chillido agudo cuando la sangre de dragón negro oscuro creó una apariencia de derrame de aceite en el agua que se derramó en grandes cantidades. La cosa era enorme, tenía mucha sangre. Dejo de buscar y encuentro la cubierta del helicóptero. Cuando todos volvimos a nuestros sentidos, vemos que el otro helicóptero sale volando, llevando las dos alas de dragón cortadas colgando de cuerdas. Veo al chico de la motosierra mirando por el costado de la cubierta, con la motosierra todavía en la mano.

"Me pregunto qué hacen con eso". Me refiero al gigante, con las alas de dragón colgando, atado a una cuerda. Nadie responde a mi pregunta.

Pago de Morris

Entro en una habitación con paredes cubiertas de tela de terciopelo rojo. Los diamantes en las esquinas de su escritorio no dejaban de decirte mucho sobre el porro. Que era de gama alta y viendo que soy yo el que acaba de matar a un dragón completo, significaba que no saldría de aquí con las manos vacías. Era Morris en la silla de la oficina, un hombre muy sofocante y astuto que conocía. No se sentó frente a una computadora, sino frente a un gran estuche. Un grabado místico en el cristal que sostiene una espada plateada. Reconocí la espada. Eso era la misma espada que un fortnite había hecho que se otorgara!

"¡Mi espada!" dejé salir. Sorenson y James ya no estaban conmigo. Se reunirían por separado con su propio supervisor con respecto a los pagos por su trabajo bien hecho. Un trabajo bien hecho al lado de

Sorenson y James fue un salto galáctico para mí desde el día en que Morris me encontró siendo mutilado por una bestia asquerosa. Morris me otorgó por mis servicios.

"No no." Morris se levanta de su asiento y comienza a caminar hacia el frente de su escritorio. No es tu espada, Gordon. Mueve su dedo de un lado a otro mientras da otro paso hacia mí. "Esta espada pertenece al príncipe de Darndum". Morris de nuevo con los brazos cruzados. Y me gustaría saber de dónde lo sacaste.

Morris trae ciertos recuerdos. El día que me rescató de ser alimento para bestias inmundas, esta era de hecho la espada que llevaba. Lo había llevado durante muchos años antes de ese día.

Quiero razonar con él diciendo: "¡Me desperté con grilletes! Pensé que había sido presa de alguna bestia asquerosa cuando me rescataste, Morris. Entonces me quitaste mi espada. Era cierto que me había despertado con grilletes. Lo último que recordaba antes de eso era ser arrastrado por los puentes a través de campos y luego arroyos. La bestia inmunda tenía mis pantalones en su mandíbula daga.

La bestia era salvaje, muy similar a la imagen que podrías tener de lo que es un velociraptor. Por supuesto, Morris me sacó directamente de esos grilletes en los que me había despertado. Cualquier cicatriz en mi cuerpo fue el daño causado por la bestia inmunda, no por Morris. No me había hecho daño en absoluto. Me cuidó después de eso. Él me devolvió la salud. Incluso tenía todas mis esmeraldas todavía, darle algunas eran mi elección. Donde encontré la espada no era asunto suyo.

"¿Del Príncipe de Darndum, dices?" ¿Cómo se atreve a pronunciar el nombre? "Podría decirte a quién ha matado la espada del príncipe Darndum. Ni un alma insignificante en mis propias manos, ¡así que devuélvemelo!"

"El Príncipe de Darndum encontrará una nueva espada para matarte, si sabe que tienes la antigua". Morris suena peculiarmente convincente. Tal vez debería estar escuchando. Lo había robado cuando estaba prisionero. Esa fue una historia que Morris nunca escucharía. Nadie se enteraría de mi tiempo como prisionera. Fueron 2 años y medio turbios. Si no hubiera escapado del reino de Darndum, sería carne de dragón en sus mazmorras. Unos años después de la fuga, me encontré con Morris. El día que me soltó fue el día en que le debía mi deuda. Qué inconfundible su rostro, recuerdo el día que me encontró rompiendo cajas en algún callejón de Nueva York.

Estos edificios, estas calles, estas formas de vida para estos habitantes de la ciudad; todo era desconocido. Recuerdo mi reino y el día en que reinó, incluso sobre el reino de Darndum. Todo ha sido empujado al fondo de un casillero. Un casillero cuyo titular de la llave es un presidente, alcalde o gobernador de alguna ciudad o estado. No cualquier príncipe, rey o incluso criador de dragones. Darndum sabe que todavía estoy aquí. Dejaron salir a sus dragones en una práctica rencorosa. Los matamos en el océano. Morris me entrega un maletín y me deja salir por la puerta principal. Contenía cientos de miles de dólares, así como algunas piezas de oro y diamantes muy caras. Todo estuvo bien. Realmente me lo gané.

Reino de Darndum

Yo había sido solo un niño raspando los campos en busca de trigo y tomates.

Estaba trabajando en los campos que alimentaban el Reino de Darndum. Mamá y papá vivían en el pueblo donde yo traía la cosecha, una canasta a la vez, y la vendían en la calle. Se sentaron en su carruaje callejero todo el día con canastas de comida afuera. Algunas personas ni siquiera necesitaron darnos un centavo. Era un reino generoso hasta que cualquier palabra engañosa de los viajeros lo contaminaba. Me había encontrado con un viajero o dos cuando caminaba fuera del castillo. Solo dejo los muros del castillo para encontrar el pozo o encontrar algo de vida salvaje. Los viajeros venían de otras áreas y se paraban en la plaza del pueblo para hablar. Había dejado entrar a algunos en el castillo por accidente una noche, y asaltaron todos los carruajes callejeros en busca de comida. Tal vez tenían hambre, pero tal vez solo eran ladrones. No estaba seguro de cómo explicárselo a mamá y papá. Todo lo que sé es que después de que el rey se enteró, dejó de abrir las puertas del castillo. Estuvimos atrapados dentro del castillo durante años. No estaba atascado, estaba a salvo, en sus ojos. Tenía un poder inquebrantable sobre el reino y un cierto deseo de mantener a su gente fuera del ojo desviado de cualquier ladrón, viajero o modernista. Nos mantuvo encerrados durante unos años antes de volver a abrir las puertas. Todavía me negué a dejar el castillo por un tiempo.

Mi decisión de dejar el Reino de Darndum se originó por primera vez ese año. Había hecho un plan de escape. Sería viajar aún más al norte, hacia el tundrous reino. Algunos viajeros me hablaron, por algunas motas, sobre el reino tundrous. Sabía que hacía frío, por el amor de Dios, estaba aún más al norte que el Reino de Darndum. Me insistieron en descubrir el reino tundrous. Estos viajeros luego se escabulleron por miedo a los vigilantes. Los vigilantes llamaban a cualquiera que deambulara por las afueras de los muros del castillo, pero nunca amenazaron con volver a cerrar las puertas. El cierre de puertas acababa de terminar durante el año anterior. Así que los viajeros solo tuvieron tiempo de contarme un poco.

Un año después, partí hacia el reino tundrous. Empaqué mi vaina con todas las herramientas necesarias para cazar y hacer fuego: pedernal, arco, flechas, etc. Dejar que mamá y papá participaran en este plan nunca hubiera sido aceptable. Justo como temía, se corrió la voz de que se cerraba otra puerta. Fue entonces cuando supe que debía irme; antes de que vuelvan a cerrar las puertas. Asqueados por el gobierno del Rey, los caballeros y sus colegas tomaron una decisión. Salí antes de que se convirtiera en ley, justo antes. Salí corriendo una noche y me dirigí hacia el norte. En vano hubo noticias de mi catarsis. El rey me habría dado un ataque y me habría dejado en la mazmorra con los dragones para que me quemaran si se hubiera enterado de mi anarquismo.

Escapar del Reino de Darndum trajo muchas pruebas. Recuerdo una noche que llegué a la punta del borde de una montaña. Mi siguiente paso fue un salto a través de una caverna, de lo contrario daría la vuelta. Las puntas estaban un poco blancas hacia arriba. Sabía que mi única opción era dar el salto.

Preparándome para el salto, escucho un gruñido. Algo sale detrás de mí cuando pongo una rodilla hacia abajo para controlar mis skimmies. Rápidamente me levanté y encontré un león de montaña en mi cola.

Este león de montaña se acercó a mí y se
paró a diez pies de distancia. Su gruñido
nunca cesó cuando traté de evitar su ojo.
doy un pasohacia atrás y doble toma, la
caverna está solo unos pasos atrás todavía.
Cuando el león me mostró sus colmillos, no
pensé que se abalanzaría sobre mí. Cuando
saqué mi daga, coincidió con una
estocada. Todo lo que pude hacer fue
deslizar mi daga saludando su rapidez.
Cuando llegué al suelo, lo corté con mi
daga y yacía muerto encima de mí.
Haciendo más frío en ese lugar, sabía que
tenía que retirarme montaña abajo. Saltar a
través de la caverna sería demasiado
pesado. Encuentro un escondite del viento
y cocino en la montaña esa noche. Sabía
que no estaba lejos del tundrous reino, en
la punta de la montaña. Habían sido
alrededor de 6 días. Al día siguiente,
mientras viajo hacia el reino tundrous,
tengo carne extra. Alcanzar los muros del
castillo de ladrillo del tundrous reino
sucedió ante mis ojos. Al ver a través de la
nieve, el viento me dejó sin ver mi propia
mano frente a mi cara. Debo rastrear la
pared hasta encontrar la entrada, pienso
para mis adentros. Mantengo mi mano

enguantada sobre el ladrillo del castillo y empiezo a caminar. Tardo unos quince pasos contados antes de llegar a un agujero en el ladrillo. No alcanzo a entrar, en lugar de eso, pongo mi cara directamente sobre él. Veo dentro de una habitación con algunos barriles de madera, que probablemente estaban llenos de vino. Hay un par de sillas de madera vacías, pero escucho algo. Es un hombre que grita fuera de la vista. Pienso ofrecer en algo de mi carne extra para la vivienda. De repente, el rostro de un hombre me saluda directamente al otro lado de la pared, a través del agujero. "¿Entonces que es?" me pregunta

"¿Es este el reino tundrous?" Pregunto. "Por qué sí lo es, pero ¿por qué alguien como yo debería dejar que alguien como tú entre en el tundrous castillo?" Estoy acribillado. Ser bombardeado con más viento y verlo calentarse por dentro de esa manera, simplemente no sabía qué decir. Recordando El Reino de Darndum y sabiendo que no podría mencionarlo, sigo pensando.

Respondo: "Tengo carne extra". Me mira fijamente a los ojos antes de que escuche un arranque. El chirrido de las puertas del castillo estaba bajando. Cuando descendió, casi aterrizó sobre mí donde estoy parado. Llega al suelo y puedo entrar al castillo.

"Esta es la entrada al castillo. No dejamos entrar a mucha gente, porque nadie sabe dónde estamos". El explica. Encuentro un lugar para dejar mi vaina.

"Estaba ahí afuera cuando un león de montaña viene a mi parte trasera. ¡No tuve más remedio que matarlo!" Yo le digo.

Los nombres Garthraw. El me dice.

"¿Vino?" Me ofrece una botella. Lo tomo de él y lo dejo en la mesa al lado de mi vaina.

"Me gustaría mostrarte el castillo".

El castillo tundra

Siguiendo al tipo que me dejó entrar, miro a mi alrededor. A mi izquierda hay algunas ventanas en una estructura de arcilla tipo Álamo. Estaban fuera del suelo, sostenidos por pilares. Veo la escalera por el camino. A mi derecha hay un vestíbulo abierto con pasillos vacíos que se alejan.

Garthraw se da la vuelta y dice: "Desafortunadamente, no puedo mostrarte los pasillos". Se vuelve hacia las ventanas sobre nuestras cabezas y dice: "Pero podemos subir allí". Lo sigo hasta el hueco de la escalera. Vi a un caballero con guardia al final del camino. Deja su lanza cuando entramos en el hueco de la escalera.Sigo a Garthraw a través de una puerta de madera. Camino directamente hacia una figura contra la pared. Miro los diamantes a lo largo de su base. Era una estatua de un dios griego. Observo más profundamente los diamantes que estaban adornados en la piedra cincelada.

"¡Qué estás haciendo!" Garthraw todavía estaba parado cerca de la puerta y comenzó a gritar. De repente, un humo azul comenzó a salir de las grietas de la estructura. "¿Es esto una broma?" Intento girarme hacia Garthraw, pero algo tenía mi rostro pegado al mismo diamante. Siento que mis pies se levantan del suelo. Trato de recuperar el equilibrio cerrando los ojos, pero cuando los abro de nuevo, estoy flotando en otro mundo con Garthraw. Sentado en un trono de nubes junto a Garthraw en su propio trono, también hecho de nubes.

Garthraw, ¿dónde estamos? Yo le pregunto. En ese momento, abro los ojos de nuevo. Me habían arrojado al otro lado de la habitación. Garthraw seguía de pie junto a la entrada. El humo azul se convirtió en un dragón que había estado volando por la habitación. Volvió a formar humo y fue absorbido por las grietas de la estatua. La habitación quedó despejada nuevamente, de humo. Volviendo a mirar a Garthraw, veo un cambio en su rostro, siento un dolor en mi cuerpo. Fue por haber sido arrojado al otro lado de la habitación, por el poder de la magia.

"¡Mi rey!" Garthraw despotrica. Sus manos se encontraron en un puño. "¡Mi rey! ¡Te han seleccionado!" Vuelve a despotricar. Miro a mi alrededor para ver con quién estaba hablando. Viene a ponerme de pie y 3 caballeros se amontonan en la puerta.

"¿Soy tu rey?" Pregunto, un poco confundido. ¿No deberían tener ya un rey?

"Sí." Garthraw toma una corona de terciopelo rojo de uno de los caballeros. Estaba desconcertado pero no podía estar en desacuerdo. Garthraw me pone la corona en la cabeza. "¿Viste al dragón azul? Hay una historia sobre el dragón azul.

"Sí. Yo vi eso. Reafirmo.

"Sígueme." Garthraw señala una puerta en la parte trasera de la habitación. No lo había visto de inmediato. "Vamos a

sentarte. Te hablaré de la profecía.
Tomamos la puerta y subimos las escaleras hasta una habitación con un trono sentado en el medio de la habitación. el dragón azul Garthraw deja a sus caballeros en la habitación frente a nosotros. Sostiene un libro grande frente a mí. El libro era enorme, quizás medía un brazo de ancho y un brazo de alto. Lo abre ante mí y comienza a leer. Estaba en un idioma que no conocía. Él dice: "Cuando el dragón azul te ha visto, tenemos nuestro rey". Sigue leyendo, "están señor lo nuevo barrio tu enfrente parece". Me reitera: "Dice que va a entrar un hombre, que parece ser de otra zona". Pone su dedo cerca de una de las líneas. "Y aparece el dragón azul, entonces es nuestro rey". Me mira directamente. "No puedes argumentar que eres de otro lugar, ¿verdad?"
"No, es verdad. Soy." Yo digo.
"Y el dragón azul apareció, ¿no es así?"
"Lo hiciste". Yo digo. Garthraw pasa la siguiente página del libro y muestra un dibujo. Era un dibujo del dragón azul. Era sorprendentemente similar al mismo que acabábamos de ver antes. "Ese es." Yo respondo.

El rey del reino tundrous
Me siento en mi trono todo el día y reflexiono sobre mi reino. Quien alguna vez viaje por estas tierras probablemente no nos encontrará. ¿Quién morirá en nuestra fría costa? Sólo tú mismo por la molestia de extraviarte por estas tierras. Mis buenos caballeros venían con actualizaciones todos los días. Garthraw me traía comida día y noche. Los caballeros pueden traer el cuerpo de un hombre muerto y explicar cómo llegó a ser. También deben entregarme mi espada y sacarme a la tundra para cazar pumas. Digo, es un área de especialización para mí hoy en día. Aquí es donde El reino de Darndum se me olvidó. ¿Cómo pude dejar que hiciera eso? Un día había viajeros en nuestras puertas, con los que nunca había hablado antes. Se refirieron a mi realeza como hinchada e insuficiente. Sospeché que eran del Reino de Darndum. No mucho después de eso es cuando empezamos a ver flechas. Las flechas golpearían la pared exterior de nuestro castillo de ladrillo. Mirar a los caballeros y saber que algún día tendremos que luchar por nuestro castillo fue una estigmatización impresionante.

Finalmente llegó el día en que saqué mi espada. Era noticia que una agresiva banda de viajeros golpeaba las puertas. Tal vez eran dahrdumianos. Sigo a los caballeros desde mi trono hasta el vestíbulo donde haríamos nuestra parada. Hemos perdido arcos y flechas en los últimos días, en la tundra. Éramos solo yo y los otros 3 caballeros para luchar contra estos manifestantes. Tomo el frente y los 3 caballeros se paran detrás de mí. Garthraw deja caer la puerta y se esconde debajo de una mesa en la bodega. Veo las puntas de las lanzas sobre la parte superior de la puerta de entrada mientras desciende. Cuando toca el suelo, se amontonan personas con uniformes naranjas. Se detienen en la puerta, eran como siete. Doy dos pasos hacia adelante y uno de sus muchachos sale del grupo con su lanza en la punta de mi espada. Aparto su lanza del camino mientras me acerco un paso más. Balanceando la espada sobre mi cabeza y bajándola hacia su torso. Corta el hilo en su uniforme naranja. Pongo mi espada de nuevo en mis manos mientras los caballeros de cada lado dan un paso adelante y comienzan un abrasivo combate

con dos de sus espadachines. Veo a Garthraw venir por detrás de su grupo y agarrar al tipo por la espalda por el cuello, cortándolo y arrastrando el cuerpo de regreso a la bodega. El tipo que me contrató estaba cayendo de rodillas. Todo lo que puedo ver es sangre llenando las grietas en el piso donde se arrodilla. Doy otro paso hacia atrás, mi tercer caballo me agarra del hombro y se coloca frente a mí, como si me golpeara. Garthraw recorre un pasadizo secreto para encontrarse conmigo detrás del frente. Garthraw había venido de uno de los pasillos. Los que están en el lado derecho de la habitación, ahora mismo nuestro izquierdo. "Está bien, estás listo. Dos de ellos y dos de nosotros. Garthraw dice en mi oído. Lo miro antes de ver la habitación. Los tres caballeros estaban enzarzados en un combate de espada a espada, de manera agresiva. Dos últimos trajes naranjas aparecieron en medio de su grupo. Ellos tenían lanzas, yo tenía una espada, todos
Garthraw tenía era una daga.
Mientras el combate del caballero continuaba hacia los extremos del vestíbulo del castillo, estábamos Garthraw y yo frente

a los Lanceros. Se escucharon ruidos de espadas a nuestro alrededor. Nos miran fijamente y bajan sus lanzas. Empiezan a marchar hacia nosotros. Garthraw toma mi liderazgo cuando doy dos pasos hacia ellos. Una vez allí puntas de lanzaLlegué a la punta de mi espada, me balanceé. Lanzo la lanza izquierda lejos de su objetivo y Garthraw se arriesga. Salta hacia el hombre con su daga, la lanza del hombre desplazada después de mi golpe de espada. Ahí es cuando el tipo de la derecha clava su lanza en mi mango. Dejo caer mi espada y la veo caer al suelo. No era la espada que pertenecía al príncipe de Darndum, era la espada del rey del reino tundrous. Antes de que pueda recogerlo, miro hacia atrás. Veo más Uniformes naranjas amontonándose en la entrada del castillo. No teníamos más defensas, habíamos perdido. Levanto las manos mientras veo a Garthraw quedar atrapado en una red. Dos de mis caballeros regresaron, sosteniendo las cabezas de sus enemigos, justo antes de que la segunda flota de soldados les disparara con flechas.

dahrdumianos. Los últimos lanceros me ponen grilletes y me lanzan a una venta de autos.

Cultura Moderna

"Y así fue como me convertí en prisionero del Reino de Darndum". Termino mi historia a Morris.

"Está bien, te creo". Él cuelga el teléfono. Guardé el mío.

"Ese era Morris". le digo a mi perro Ella huele en uno de mis zapatos. Corro afuera. Escucho a mi hermana viendo la televisión, "¿OTRO DRAGÓN?" Parece que ella escuchó las noticias. Salto al MSPC Escalade que había estado esperando afuera de mi casa, tal como dijo Morris.

"Vas a ser el tipo de ala esta vez". Sorenson me lo dice por radio.

"Entiendo." Yo respondo. No estaba con esos tipos, estaba con los del helicóptero. Nos detenemos en el aeropuerto y estacionamos directamente afuera del área del helipuerto. Cuando me subo al helicóptero, me ponen un arnés y me atan la cuerda a la cintura. Veo que está conectado a algún cabrestante automático. Así me van a bajar. El helicóptero arranca y el piloto en la cabina empieza a hablar.

Escucho, "Tienen este por el impacto en su prod en este momento. Probablemente descendiendo en el Atlántico norte, en las afueras de Nueva York nuevamente. "Otro tipo salta y se sube a la cabina con él. Un cuarto tipo entra y me dice que estará manejando los controles del cabrestante. Las aspas empiezan a girar más rápido y despegamos. Al encontrar mis pies en la cubierta y ver cómo el suelo se hace más pequeño, me preparo mentalmente. No pensé que después de todos estos años, todavía estaríamos luchando contra los dragones del Reino de Darndum. Ya no podía simplemente caminar hacia su puerta principal con una espada en la vaina. Atravesamos el cielo con los ojos bien abiertos. "Allí están." El piloto apunta a través de su parabrisas. Entrecierro los ojos y veo al dragón perder el salto en su aleta. Estaban usando el Taser de nuevo. Fue como ver al jardinero izquierdo atrapar un elevado desde el plato. Miro hacia abajo y veo el océano tal vez a 1500 pies de profundidad. Empezaron a caer. El piloto básicamente deja de avanzar y comienza a descender. Pasamos directamente por encima de ellos y los perdimos de vista.

Miro hacia abajo, sobre la cubierta del helicóptero, justo a tiempo para ver el chapoteo del dragón chocando contra el océano. Me doy la vuelta y mi compañero me pasa la motosierra.

"Agárrate fuerte". El me dice. "Ahora date la vuelta". Me dice de nuevo. Me doy la vuelta y miro hacia atrás sobre la cubierta, nos estábamos acercando un poco más al suelo. Sostengo mi motosierra con fuerza. De repente, me empujan fuera del helicóptero. no pierdo el control de lamotosierra Caigo ni un metro y medio antes de que el arnés me atrape. Apenas fue una caída. El cabrestante comienza a bajarme y la situación comienza a aclararse. "Tres nadadores. 35 pies a nuestro sureste". Digo mientras veo los trajes negros a prueba de fuego flotando en la distancia. Me doy cuenta de que estoy a solo unos pocos brazos de la espalda del dragón en cuestión de segundos. Arranco la motosierra en mis manos mientras el cabrestante me sigue bajando pero a un ritmo más lento. De repente, mis pies aterrizan en la espalda del dragón. Puedo cruzar de puntillas a través de la bestia. Sé que tengo que ponerme en acción. La raíz del ala del dragón no era más grande que la circunferencia de una pelota de fútbol. Comienzo a cortar el ala derecha, el dragón hace un movimiento brusco pero me mantengo firme. Otra cuerda cae en mi cara. Yo sabía que hacer. Cuando consigo cortar la primera ala, ato la cuerda alrededor del brazo del ala. Tengo un pequeño problema para conseguir la siguiente ala pero encuentro mi marca. Cae otra cuerda y yo hago lo mismo atándola al ala del dragón.

"Apaga la sierra". Escucho a alguien gritar. Corté el cable de la sierra y el cabrestante empezó a subirme. Observo las alas de la bestia colgando de la cuerda que también las até. Vuelvo a la cubierta pero me quedo en el arnés.

"¿Para qué necesitamos esas cosas?" Le pregunto a mi compañero, refiriéndose a las alas de dragón. "El MSPS los congela rápidamente, luego los investigadores del MSPC hacen pruebas de ADN. Después, gente de otras asociaciones estudia su aerodinámica. Alguien al final de la línea, creo, sacrifica la carne y la vende como bistec. Es una carne bastante rara. Y las garras que se encuentran al final del ala pueden usarse para Ivory."

"Oh, vaya." Pensé que eso es un montón de usos. "MSPC también gana bastante dinero". Él añade.

Un prisionero de Darndum

Me sacan de un carruaje y me arrojan a una celda. No vi el final de la celda. Había una jaula con una cerradura en la puerta, pero la parte de atrás de la celda se adentraba en una especie de cueva. No elegí explorar. Ya sabía lo que eso significaba. Significaba dragones. Veo al tipo de la lanza cerrar la puerta con llave antes de dejarme, vestía ese uniforme naranja. Me olvidé de la vida dahrdumiana. Yo era solo el hijo de un granjero. Nunca habría tenido una oportunidad en su clan. Aún así, vienen y me encuentran y me toman prisionera cuando salgo de sus puertas. No le vi el sentido a todo eso. De todos modos, me siento en el suelo rocoso de mi celda. Me siento allí durante dos años y medio. Cada pocos días me dan una barra de pan. Eso me duró bien. Eventualmente elegí entrar en la grieta al final de mi celda, me llevó a una caverna larga y oscura. Pude ver luces encendiéndose al final del túnel.

Cuando me acerqué, me di cuenta de que eran dragones que lanzaban bolas de fuego por la nariz. En ese momento, me di la vuelta y volví a mi celda. Tenían dragones con cadenas alrededor de sus cuellos. Probablemente guardándolos para un tiempo de guerra, para dejarlos libres.
En un día en particular, miro fuera de mi celda y veo al Rey de Darndum alineando a la gente frente a mi jaula. El Rey de Darndum tenía un estilo extraño. Llevaba muchas pulseras de amuletos en la misma muñeca, una corona de oro y un látigo. Atrae a un par de personas delante de mí. Uno de ellos resulta ser Garthraw. Él eraamordazado y con las manos atadas a la espalda. El Rey de Darndum lo puso de rodillas y trajo testigos para rodearlo. Veo algunos uniformes de Orange, un par de los muchachos estaban irreconocibles. Entonces es cuando veo algo por el rabillo del ojo. Era una mirada que uno de los espadachines me estaba dando. Me toma un momento darme cuenta porque está en Orange, pero era uno de mis mismos caballeros en el reino tundrous. Se había colado en Orange y actuaba como uno de los dahrdumianos.

El Rey señala a Garthraw y exige la decapitación. Veo a mi viejo caballero agarrar su espada. Tenía que estar preparado para hacerlo, aunque fuera Garthraw, nuestro viejo amigo de confianza. El Rey nota el gesto y toma la espada de mi caballero de él. Luego, el Rey levanta la espada por encima de su cabeza y la baja, cruzando el cuello de Garthraw. La cabeza de Garthraw rodó por la parte superior de su cuerpo. El Rey le devuelve la espada al caballero y saca a todos. Lo siguiente que hace es abrir mi celda y arrojar la cabeza decapitada de Garthraw dentro de mi celda. Aquí está tu escudero. Se marcha antes de dejarme sola de nuevo. Agarré la cabeza. Me senté con las piernas cruzadas contra la pared de la cueva y miré a Garthraw. Parecía tener una expresión facial que decía que estaba en medio de decir algo. Parecía haber perdido el hilo de sus pensamientos a la mitad de una oración. ¿Era eso lo que estaba viendo? Tenía que dejar de mirar a la cara a un hombre muerto. Era peor que un hombre muerto, solo una cabeza sin cuerpo. Me pregunté si me vio. ¿Me miró desde algún lugar muy dentro de su cerebro, o no fue nada? Cierro sus párpados y lo bajo a la grieta.

Todos los días intentaba acercarme a los dragones. Eventualmente descubro que están en el corazón de la cueva. Todavía no había otra salida. Me preguntaba cómo lograron sujetar a un par de dragones con cadenas aquí atrás, sin quemarse. Me acerco lo suficiente como para lanzarles la cabeza de Garthraw. Uno de ellos lo atrapa con la boca y se lo come. Corro por la caverna antes de que pueda quemarme. Estas eran sin lugar a dudas las mazmorras de Darndum.

Escapando de las mazmorras de Darndum Mientras me sentaba en mi cueva y continuaba contando mis días, me di cuenta de que era mi día setecientos diez. Nunca perdí la pista. Continué revisando a mis dragones, y noté que cierto habitante del castillo me prestaba mucha atención. Era el caballero, MI caballero. Se había cambiado al atuendo de Darndum, con su túnica naranja, pero el mismo caballero. Me había visitado en la celda varias veces la semana pasada. También tenía la llave de mi puerta.

Un día, llega con otro soldado de Darndum. Fueron los lanceros quienes me quitaron la espada de la mano durante la última batalla en el tundrous reino. "¿Que estas esperando? ¡Abrelo!" Exigió los lanceros al caballero. Miro a mi caballero. Ya me estaba sonriendo. Saca su espada y decapita a los lanceros frente a mí. "¡Rápido, tus dragones!" Mi caballero me dice en voz baja. Abre la puerta de la celda y arrastra el cuerpo y la cabeza de los lanceros muertos. Le quita el uniforme naranja al cadáver y me lo da. Lo sostuve en mis manos antes de darme cuenta de lo que estaba pasando. "aquí." Me entrega la cabeza del hombre. Ahora tenía puesto el mismo uniforme naranja que él. lo sigo hastala grieta al final de la cueva. Caminamos hacia los dragones y nos paramos a diez pasos de ellos. "Avanzar." Mi caballero llama. Miro la cabeza decapitada en mis manos antes de arrojársela a uno de los dragones. El dragón lo atrapa en su boca. El dragón tarda aproximadamente un minuto en masticar todo. Ahora haz esta parte. El resto del cadáver se deja caer en mis brazos. Trato de arrojar el cadáver al dragón pero era demasiado pesado. El dragón trató de abalanzarse sobre la comida, pero quedó atrapado por la cadena alrededor de su cuello. "¿Se está enfadando?" Knight me pregunta, retrocediendo unos pasos. Conocía su comportamiento mejor que él. Me detengo en seco mientras veo al dragón luchar con sus cadenas. Aprovecho mi oportunidad y me acerco al cadáver. Sosteniendo el cadáver con los brazos extendidos, el dragón casi me lo arranca de las manos. No pude lanzarlo a ninguna distancia para llegar a su mandíbula. Observo a todos los dragones encontrarse a unos pasos de distancia para compartir la comida. Salgo de la grieta con el caballero, casi olvidándome de salir de la celda. Tenía este uniforme naranja. Eso significaba que encajaría perfectamente en el castillo. Pensé en mamá y papá. Recuerdo su carruaje de comida y la calle en la que vendían comida. Quería ir a saludar pero renunciaría a mi identidad. Mi única opción era escapar sin que supieran que estaba aquí. El caballero me lleva de vuelta a nuestros aposentos. Ya no era un preso, tenía un disfraz.

Un pato entre gansos

El día siguiente fue como ningún otro. Me desperté junto al caballero y me puse mi chaleco naranja. Mantuve mi espada a mi lado y nos amontonamos en la sala de desayunos. Otros soldados con chalecos naranjas estaban allí. También había asistentes normales al castillo, que solo estaban comiendo. Decido colarme en los aposentos reales privados mientras todos están sentados para la comida. Miro alrededor del trono y veo el arco y la flecha del rey tirados en el suelo. El mejor arco en toda la tierra, estoy seguro. Miro por una de las ventanas más altas del castillo desde su habitación y no veo nada más que tierras nevadas. Estaba seguro de que si me alejaba lo suficiente hacia el sur, encontraría campos brillantes y terrosos llenos de naturaleza y vida.

Escucho a alguien gritar desde el vestíbulo: "¿Dónde está el príncipe?" Salgo de los aposentos privados de la realeza y entro en el pasillo que conduce al vestíbulo del desayuno. Lo escucho de nuevo, "¿Dónde está el príncipe?" En ese momento, un caballero, no mi caballero, entra en el pasillo.

"¿Qué estás haciendo aquí atrás? ¡Tú no eres príncipe! Me grita. Casi me detengo pero él me pasa rápidamente. Entro en el vestíbulo y me encuentro con el rey a los ojos. Actúa como si nunca hubiera pasado. Ignoro a mi caballero, pero siento que está sentado en el otro extremo de la mesa de la habitación. Usando mi rol como miembro del clan podría hacer que alguien abriera la puerta. En ese momento simplemente me escaparé, decido. Me dirijo hacia la salida del vestíbulo cuando el rey me detiene. El rey de Darndum me dice: "Detente. Tú allí." Me detengo en seco y lo miro. No puedo reunir ninguna palabra. "Veo que llevas puesto el chaleco del príncipe. ¿Porqué es eso?" Me pregunta disimuladamente. Se lleva las manos a la cara. "Y veo que estás sosteniendo la espada del príncipe. No eres Prince, ¿puedes decirme por qué es eso? Pregunta de nuevo, subrepticiamente quieto. Doy un paso atrás, todavía frente a él. Doy otro paso atrás. Entonces doy la vuelta en un sprint. Lo escucho tratar de gritar pero todolo que sale es un gemido murmurante, no estaba de humor para gritar. No estaba demasiado preocupado, tal vez... Sigo

corriendo hasta que encuentro al portero. Intento explicarle que la puerta debe abrirse. Me está comprendiendo y empieza a soltar las cadenas que sujetan la puerta. Los gritos captan nuestra atención al mismo tiempo. Ambos miramos hacia atrás y vemos un par de caballeros dahrdumianos en el otro extremo del patio. Me dirijo al portero ya que ha detenido la puerta. Saco mi espada y pongo la punta en su barbilla. Él me mira a los ojos. Cuando miré lo suficientemente cerca, vi algo familiar en sus ojos. Vi la amabilidad y la buena voluntad que tenía mi papá hace muchos años. Era mi papá, él era el portero. Sin embargo, sostengo mi espada firmemente en su barbilla.
"¿Hijo?" Me pregunta estúpidamente.
"No te conozco". Digo mientras empujo la hoja más profundamente en su barbilla, ahora en su garganta. No lo corté, solo lo presioné.
Pierde la mirada y sigue cumpliendo mis órdenes, que es abrir la puerta. Cuando la puerta golpea el suelo, salgo corriendo. Sacudo el castillo. Algunos de los caballeros se detienen en la puerta y se niegan a irse. Uno de ellos me persigue.

Balanceo mi espada alrededor de mi espalda, clavando el borde plano de mi espada en su brazo. No lo cortó. Me doy cuenta de que era mi caballero. El que me ayudó a escapar. Sigo corriendo y él se mantiene en mi camino.

"¡Estoy contigo!" El grita. Estábamos fuera del alcance de cualquiera en el castillo para escuchar. Escucho algo romperse en el fondo antes de que una flecha aterrice clavada en el suelo a mi izquierda. Me doy cuenta de que nos están disparando desde la distancia. Miro hacia atrás justo a tiempo para ver una flecha atravesar la parte posterior del pecho de mi caballero, atravesando su corazón. Él cae detrás de mí y sigo adelante. Sigo corriendo, hasta que llego al borde del bosque. Me sumerjo en un poco de follaje y me acuesto. Miro hacia atrás a mi rastro y veo flechas que sobresalen del suelo todo el camino hacia abajo. Pensando que tengo que seguir moviéndome, esto me lleva a mi ubicación, todas estas flechas en el suelo. Voy más al sur.

Los campos

Los campos no se parecían a nada más. Reflexioné sobre mi antiguo reino en los campos con un sentimiento más seguro. No iba a ser retenido por rescate en estos lugares, era tierra de nadie. Pensando, ¿cómo podría olvidar mi viejo y tumultuoso reino? Pensé largo y tendido sobre mi tiempo en el trono allí. Era una forma práctica de vivir hasta que los dahrdumianos se enteraron de mi aceptación. No tolerarían que uno de sus propios granjeros reinara en otra tierra. Estoy seguro de que se enteraron de mi corona y trono a través de la palabra de un viajero. Fue entonces cuando vinieron y me agarraron con su brigada. Todavía sostenía la vaina del príncipe a mi lado. Era la vaina de la espada que algún día estaría en el escritorio de la oficina de Morris. Elogié a mi caballero por rescatarme de la mazmorra, pero ahora le dispararon con una flecha. Yo estaba solo en estos campos.

Bestias sucias

El sonido de la lluvia golpeando las copas de los árboles. Me siento y limpio mis ojos. Mi mundo había cambiado gradualmente desde que comencé mi viaje a través de las selvas cálidas. Estaba seguro de que conducía a alguna parte. Una salida, tal vez. Los hilos en miEl uniforme naranja de terciopelo de la armadura del clan se había desgastado. El que sostenía la espada del Príncipe de Darndum. Yo lo necesitaba más que él. Estaba rodeado de bestias asquerosas. En cierto momento, el animal había tomado la forma de algo similar a un velociraptor. Me paré al lado de un roble alto cuando apareció frente a mí. Las garras en sus pies brillaban. Tenía garras en sus manos también. Tuve que hacer un movimiento rápido antes de dejar que me destrozara con ellos. Manejo la espada apropiadamente y corto líneas a través del aire frente a mí. El animal me rodea. "Malditas bestias sucias". digo en voz alta. El velociraptor me da vueltas en el sentido de las agujas del reloj, doy un giro rápido en el sentido contrario a las agujas del reloj para atraparlo a mi izquierda, inclinándose más cerca del suelo y acercándose a mí con las garras extendidas. Hago otro corte en el aire. Mi espada cae en mis manos, y la punta apunta al suelo. En ese momento, la bestia salta hacia mí. Todo lo que veo son garras extendidas. Llevo mi hoja de vuelta a través de mi cara, dibujando una línea diagonal frente a mí. Mi rostro nunca fue encontrado por las garras de la bestia. Lo había atravesado.

Todavía encontrando herramientas para el fuego en mi vaina, como pedernal, decido hacer una. Podría cocinar la carne y comer alrededor del hueso. Me daría energía. Decido descansar para el día siguiente. Todavía sin saber que los campos abiertos estaban a unos cien pasos más adelante. Este fue un ejemplo de los problemas que encontré en la cálida jungla. Todavía había más bestias sucias por ahí, así como esmeraldas. Mi viaje fue solo una parte del camino.

Cala Esmeralda

Fue justo en la distancia, pude ver la luz brillante del sol detrás de algunos robles. Sigo caminando por el bosque. Mi chaleco naranja se había arrugado en un cuerpo de metal expuesto sin color. Todo el hilo se gastó. Sospeché que me estaban arañando mientras dormía. El animal podría haberme sacado a zarpazos, tuvo la oportunidad, apareció. Si seguramente estaba siendo visitado por estas cosas, y seguramente estaban arañando el hilo de mi armadura mientras dormía, entonces debo seguir moviéndome. Encontraría refugio en regiones más al sur. No era seguro dormir en esta jungla. El suelo se vuelve musgoso. Estoy pisando muchas hojas, y menos rocas, encuentro que estoy tropezando con enredaderas. Vides colgaban de los árboles. Doy un paso en falso y siento que mi pie atraviesa. Caigo a través de una débil capa de hojas cubiertas de musgo y dentro de una caverna. Caigo en un agujero. El agujero se creó solo cuando pisé el suelo cubierto de musgo de la jungla en el lugar equivocado.

Me estoy limpiando en cada hombro antes de tener la oportunidad de mirar más profundamente en esta caverna en la que he caído. Vi las luces brillantes por el rabillo del ojo, y cuando miré hacia arriba, vi que la caverna se hacía más profunda. Camino hacia los brillantes destellos de luz. Doy otro paso y mi pie golpea algunos objetos que bailan en la periferia debajo de mí. Me doy cuenta de que la cueva está llena de Crimson Emeralds. Los brillantes destellos de luz que estaba viendo eran los reflejos de miles de esmeraldas. La cueva era una mina de oro. Ni siquiera el Rey de Darndum conocía esta caverna. Tuve que tomar lo que pude y seguir moviéndome. Me agacho para recoger esmeraldas, a derecha e izquierda. Estoy llenando mi vaina hasta el borde con ellos, uno por uno. De repente, un chillido proviene de la parte trasera delcueva. Era el chillido de otra bestia asquerosa. De los que vivían en cuevas y tenían seis patas. Del tipo del que Morris me habló una vez. Tenía pinzas en la boca, como un insecto gigante. Era el doble de mi altura.

Dejo lo que estoy haciendo con esmeraldas en mis manos. Estaba a punto de meterlos en mi vaina cuando vi las piernas de esta bestia arrastrarse por los bordes de la cueva. Tengo que retroceder unos pasos antes de dejar caer las esmeraldas en mis manos. El ruido de la caída parece antagonizar a la bestia, mientras veo aparecer el resto de sus seis patas. Rompió sus pinzas una vez más, ligeramente por encima de mi cabeza. Ese fue el punto en el que encontré el coraje para darme la vuelta y correr. Nunca pensé en sacar mi espada porque estaba tan congelado por el miedo. Me arrastro de vuelta por el agujero por el que entré, justo cuando algo agarra la parte posterior de mi pierna. Tiro de él, pero la bestia tiene un agarre firme con sus dos patas delanteras. Finalmente pienso empuñar mi espada y rebanar. Corté a las bestias parpadeantes antropoides hasta que me soltaron. Me arrastro para ponerme de pie y alcanzo la superficie del agujero por el que caí. No puedo llegar a la cima. Veo las pinzas de la bestia tratando de pasar por la grieta detrás de mí. En ese momento encuentro una enredadera en la tierra y salgo del agujero. Ruedo sobre el suelo de la jungla.

Fuera de la selva y en los campos Corriendo hacia la abertura, más allá de los árboles, el sol se aclara. La luz brilla más cuando llego a una división entre dos robles. Todo lo que pude ver fueron colinas de campos por millas. Salgo de la jungla con un empujón y un salto. Veo los dientes de león y la hierba alta. Camino a través de él. Escucho los ruidos de la jungla desvanecerse en una hermosa paz. El zumbido de los insectos se escuchaba no muy lejos a cada paso. Era un paisaje vasto y vacío, con un árbol para dar sombra aquí y allá. Al llegar a unos tallos más altos, empiezo a buscar con las manos. Vi el rojo de una baya desde la distancia. Encuentro las fresas, las recojo y me las como. El delicioso jugo llenó mi boca. Me recordó a cosas más dulces que cocinar carne del hueso de un león de montaña o incluso, digamos, una bestia inmunda. Lleno mis manos, recordando la vaina ya llena de esmeraldas, estaba de suerte. Como todas las fresas que puedo, antes de continuar cuesta abajo.

Arrinconado

Dibujando círculos en el suelo del campo con mi espada, me giro hacia un círculo de bestias que me habían rodeado. Arrastré la punta de mi espada por la tierra y la hierba, mientras detenía a la manada de asquerosas bestias que me habían atacado. Los gruñidos de sus mandíbulas me llegaron de una manera desagradable. Me rodearon, mostrando innecesariamente anticipación por el hecho de que pensaron que yo era su próxima comida. No podía contarlos con las dos manos.

Escucho un gruñido y miro detrás de mí mientras el primero hace su intento. Muevo mi hoja hacia la derecha mientras otro hace el mismo gruñido. Estoy siendo atacado por dos bestias asquerosas, una a cada lado de mí. Balanceo mi espada en un movimiento de figura ocho, arrancando cortes en ambos, en ambos lados. He deshabilitado dos de ellos. El grupo de bestias asquerosas comienza a correr, ahora han perdido dos, viendo de lo que soy capaz. Bajo mi espada en mis manos y sigo al grupo. Parecen salir disparados en la misma dirección al mismo tiempo, con tanta velocidad. El grupo, demasiado lejos ahora para escuchar sus gruñidos, empiezo a calmarse. Devuelvo mi espada a su vaina. UnUn montón de aves rapaces casi me invitaron a almorzar allí.

Veo la multitud de ellos no muy lejos. Ahora parecía más un punto muerto que una victoria para mí. Algo viene acercándose a mí. Uno se había desviado del grupo y volvió para intentarlo de nuevo. Alcanzo mi espada, pero ya la había envainado, el raptor seguía a toda velocidad hacia mí. Agarra mis calzas con su mandíbula y me arranca los pies. Golpeé el suelo de espaldas. La bestia inmunda no podía dejar de moverse, con mi pierna entre los dientes. Estaba siendo arrastrado sobre mi espalda. Alcancé mi espada, pero no pude encontrar la fuerza o el alcance para desenvainarla. Fue un viaje vicioso.

Mi cráneo cae a un arroyo. Me golpeé la nuca con una roca. La bestia tiró de un lado a otro, mientras sostenía mi tobillo izquierdo. Fuimos río abajo durante quizás un kilómetro o más, antes de que escuchara las voces de los hombres. Podía sentir las marcas de mordeduras induciendo dolor en mi pie y tobillo. La bestia asquerosa se negaba a soltarme. Vuelvo a escuchar los gritos de un hombre. "¡Oye! ¡Lo dejó ir!" Sale de detrás de un árbol con la espada sobre la cabeza. Estaba mirando a la rapaz a los ojos, mientras me devolvía la mirada, era su víctima. No pasamos del siguiente árbol. El hombre baja su espada a través de la cabeza del rapaz y mata a la bestia que me estaba atormentando. Me quedé inmóvil en el lecho del arroyo, ya no me arrastraban. Estaba demasiado débil para moverme. Extiende sus brazos hacia mí y dice: "Hola, soy Morris". Dejé que me sacara del agua y me echara sobre su hombro. quedo inconsciente.

Cuando me despierto, todavía me están cargando. La bestia me había arrastrado de vuelta a la jungla antes de que me rescataran. Estábamos en las partes suroeste de la selva. Me sacó del arroyo y empezó a caminar hacia el oeste. Todavía tengo experiencia induciendo dolor. No sabía a dónde iba, pero sabía que era a un lugar seguro. El campo todavía no estaba demasiado lejos a nuestra izquierda. Cierro los ojos de nuevo y me desmayo por el dolor. Me despierto sentado frente a un fuego.

"¿Dijiste que tu nombre es Morris?" Yo le pregunto. "Sí." Me pasa un vaso lleno de aguamiel. Tomando una bebida relajante, me siento halagado. Salvarme era su mandato. Lo animo y vuelvo a calentar. El dolor había disminuido en mi pierna. Me levanto los pantalones para ver las marcas de los mordiscos. Había una gran marca en mi tobillo izquierdo. Iba a tomar un tiempo sanar de esto. La sangre al menos ya estaba seca. Vuelvo al fuego. Condiciones de rescate

Me despierto con Morris hirviendo una olla de estofado sobre el fuego. Lo veo escupir en él, y seguir mezclando,

"Oh, veo que estás despierto". El me dice. Noté un vendaje alrededor de mi herida, en mi tobillo.

"¿Tú hiciste esto?" —pregunto, refiriéndose
al vendaje.
"Sí. Te rescaté anoche de una de esas
pandillas de bestias sucias. me recuerda
"Yo recuerdo eso." Digo, mientras miro
hacia abajo.
"Tengo que tener cuidado con esas cosas
en esos campos, está bien". Me apunta con
la cuchara para revolver. Con el que estaba
revolviendo su propia saliva en un guiso.
Seguramente no estaba comiendo nada de
eso. "Entonces, no te preocupes por eso.
No te estoy alimentando ni nada. ¿Y esto?"
Señala la olla de estofado hirviendo. "Esto
es solo agua"."¿Entonces qué necesitas?"
Pregunto, cortésmente. Mira hacia nuestro
suroeste y apunta hacia el horizonte.
"¿Ves las luces de la ciudad? ¿Y esos
rascacielos? Dice, todavía apuntando con
su cuchara. Me doy vuelta para mirar hacia
donde está señalando. Veo luces muy lejos
en la distancia, todas alineadas en una fila.
Luces de la calle, las llaman. Morris vuelve
a lo que está diciendo: "Lo mejor que
puedes hacer es ir allí. Es un poco más
civilizado". Se da la vuelta y mira su olla.
"¿Qué voy a encontrar?" Pregunto. Solo
estaba acostumbrado al castillo, pero esto

era mejor que ser un prisionero. Solo me convertiría en prisionero si regresaba al castillo. "Pero esas son mis condiciones de rescate. Solo baja allí. Uhm, sí. Él sigue revolviendo su olla. "¿Que estas esperando? ¡Subirse!" Me aleja con su cucharilla. Me levanto sobre mis pies, puedo caminar bien. Empiezo a irme cuando me olvido de algo. Me doy la vuelta.

"¿Qué pasa con mis cosas? ¡Mi espada y mi armadura!" Yo grito.

"No los vas a necesitar". No deja de agitarme con la cuchara para remover, mientras mira dentro de su olla de estofado. Lo último que veo es a él tomando un sorbo de su guiso con su cuchara. Supongo que será mejor que siga adelante. La civilización tampoco parecía demasiado lejana. Tenía ropa fresca, estaría bien. Hacía mucho más calor en estos lugares que en El Reino de Darndum. No pude evitar recordar sus dragones. Hacía mucho, mucho más calor que el tundrous reino. Me preguntaba qué encontraría en una ciudad sin castillo, solo farolas y coches de policía. Seguí por el paisaje, no muy lejos de aquí tampoco, pensé. Nadie será hecho prisionero, ni quedará con ningún tipo de dragón, eso es seguro.

Nueva York

Me meto debajo de las luces de la calle, al menos así las llamaba Morris. Estoy saltando sobre algo quebradizo, era la acera. Al encontrar grupos de personas en cada esquina, sentí que tenía que comenzar a hacer preguntas.

Un hombre me abrió y me miró. Probablemente estaba notando las prendas extrañas en las que estaba. Todos los demás tenían diferentes tipos de ropa.

Le pregunto: "¿Dónde estamos?"

Él responde con "Nueva York".

9 7 9 8 8 1 7 2 9 0 3 8 7